# Der Versuch die Metamorphose der Pflanzen zu erklären

## Johann Wolfgang von Goethe

Herausgeber: Culturea (34, Hérault)
Druck: BOD - In de Tarpen 42, Norderstedt (Deutschland)
Website: http://culturea.fr
Kontakt: infos@culturea.fr
ISBN:9791041939244
Veröffentlichungsdatum: FEBRUAR 2023
Layout und Design: https://reedsy.com/
Dieses Buch wurde mit der Schriftart Bauer Bodoni gesetzt.

ER WIRT MIR GEBEN

# Einleitung

## § 1.

Ein jeder, der nur das Wachsthum der Pflanzen einigermaßen beobachtet, wird leicht bemerken, daß gewiße äußere Theile derselben, sich manchmal verwandeln und in die Gestalt der nächstliegenden Theile bald ganz, bald mehr oder weniger übergehen.

## § 2.

So verändert sich, zum Beyspiel, meistens die einfache Blume dann in eine gefüllte, wenn sich anstatt der Staubfäden und Staubbeutel, Blumenblätter entwickeln, die entweder an Gestalt und Farbe vollkommen den übrigen Blättern der Krone gleich sind, oder noch sichtbare Zeichen ihres Ursprungs an sich tragen.

## § 3.

Wenn wir nun bemerken daß es auf diese Weise, der Pflanze möglich ist einen Schritt rückwärts zu thun, und die Ordnung des Wachsthums umzukehren, so werden wir auf den regelmäßigen Weg der Natur desto aufmerksamer gemacht, und wir lernen die Gesetze der Umwandlung kennen, nach welchen sie Einen Theil durch den andern hervorbringt, und die verschiedensten Gestalten durch Modification eines einzigen Organs darstellt.

## § 4.

Die geheime Verwandtschaft der verschiedenen äußern Pflanzentheile, als der Blätter, des Kelchs, der Krone, der Staubfäden, welche sich nach einander und gleichsam aus einander entwickeln, ist von den Forschern im allgemeinen längst erkannt, ja auch besonders bearbeitet worden, und man hat die Wirkung, wodurch ein und dasselbe Organ sich uns manigfaltig verändert sehen läßt, die *Metamorphose der Pflanzen* genannt.

## § 5.

Es zeigt sich uns diese Metamorphose auf dreyerley Art; *regelmäßig, unregelmäßig,* und *zufällig.*

## § 6.

Die *regelmäßige* Metamorphose, können wir auch die *fortschreitende* nennen: denn sie ist es, welche sich von den ersten Samenblättern bis zur letzten Ausbildung der Frucht immer stufenweise wirksam bemerken läßt, und durch Umwandlung einer Gestalt in die andere, gleichsam auf einer geistigen Leiter, zu jenem Gipfel der Natur, der Fortpflanzung durch zwey Geschlechter, hinauf steigt. Diese ist es welche ich mehrere Jahre aufmerksam beobachtet habe, und welche zu erklären ich gegenwärtigen Versuch unternehme. Wir werden auch deßwegen bey der folgenden Demonstration, die Pflanze nur in so fern betrachten, als sie Einjährig ist, und aus dem Samenkorne zur Befruchtung unaufhaltsam vorwärts schreitet.

## § 7.

Die *unregelmäßige* Metamorphose könnten wir auch die *rückschreitende* nennen. Denn wie in jenem Fall, die Natur vorwärts zu dem großen Zwecke hineilt, tritt sie hier um eine oder einige Stufen rückwärts. Wie sie dort mit unwiderstehlichem Trieb und kräftiger Anstrengung die Blumen bildet, und zu den Werken der Liebe rüstet; so erschlafft sie hier gleichsam, und läßt unentschlossen ihr Geschöpf in einem unentscheidenen, weichen, unsern Augen oft gefälligen, aber innerlich unkräftigen und unwirksamen Zustande. Durch die Erfahrungen, welche wir an dieser Metamorphose zu machen Gelegenheit haben, werden wir dasjenige enthüllen können, was uns die regelmäßige verheimlicht, deutlich sehen, was wir dort nur schließen dürfen; und auf diese Weise steht es zu hoffen, daß wir unsere Absicht am sichersten erreichen.

## § 8.

Dagegen werden wir von der dritten Metamorphose, welche *zufällig*, von außen, besonders durch Inseckten gewirkt wird, unsere Aufmerksamkeit wegwenden, weil sie uns von dem einfachen Wege, welchem wir zu folgen haben, ableiten und unsern Zweck verrücken könnte. Vielleicht findet sich an einem andern Orte Gelegenheit, von diesen monströsen, und doch in gewisse Gränzen eingeschränkten Auswüchsen zu sprechen.

## § 9.

Ich habe es gewagt gegenwärtigen Versuch ohne Beziehung auf erläuternde Kupfer auszuarbeiten, die jedoch in manchem Betracht nöthig scheinen möchten. Ich behalte mir vor, sie in der Folge nachzubringen, welches um so bequemer geschehen kann, da noch Stoff genug übrig ist gegenwärtige kleine, nur vorläufige Abhandlung zu erläutern und weiter auszuführen. Es wird alsdann nicht nöthig seyn, einen so gemessenen Schritt wie gegenwärtig zu halten. Ich werde manches verwandte herbey führen können, und mehrere Stellen, aus gleichgesinnten Schriftstellern gesammlet, werden an ihrem rechten Platze stehen. Besonders werde ich, von allen Erinnerungen gleichzeitiger Meister, deren sich diese edle Wissenschaft zu rühmen hat, Gebrauch zu machen nicht verfehlen. Diesen übergebe und widme ich hiermit gegenwärtige Blätter.

# I. Von den Samenblättern

## § 10.

Da wir die Stufenfolge des Pflanzen-Wachsthums zu beobachten uns vorgenommen haben, so richten wir unsere Aufmerksamkeit sogleich in dem Augenblicke auf die Pflanze, da sie sich aus dem Samenkorn entwickelt. In dieser Epoche, können wir die Theile, welche unmittelbar zu ihr gehören, leicht und genau erkennen. Sie läßt ihre Hüllen mehr oder weniger in der Erde zurück, welche wir auch gegenwärtig nicht untersuchen, und bringt in vielen Fällen, wenn die Wurzel sich in den Boden befestigt hat, die ersten Organe ihres oberen Wachsthums, welche schon unter der Samendecke verborgen gegenwärtig gewesen, an das Licht hervor.

## § 11.

Es sind diese ersten Organe unter dem Nahmen *Cotyledonen* bekannt; man hat sie auch Samenklappen, Kernstücke, Samenlappen, Samenblätter genannt und so die verschiedenen Gestalten, in denen wir sie gewahr werden zu bezeichnen gesucht.

## § 12.

Sie erscheinen oft unförmlich, mit einer rohen Materie gleichsam ausgestopft, und eben so sehr in die Dicke als in die Breite ausgedehnt; ihre Gefäße sind unkenntlich, und von der Masse des Ganzen kaum zu unterscheiden; sie haben faßt nichts Ähnliches von einem Blatte, und wir können verleitet werden sie für besondere Organe anzusehen.

## § 13.

Doch nähern sie sich bey vielen Pflanzen der Blattgestalt; sie werden flächer, sie nehmen, dem Licht und der Luft ausgesezt, die grüne Farbe in einem höhern Grade an, die in ihnen enthaltenen Gefäße werden kenntlicher, den Blattrippen ähnlicher.

## § 14.

Endlich erscheinen sie uns als wirkliche Blätter, ihre Gefäße sind der feinsten Ausbildung fähig, ihre Aehnlichkeit mit den folgenden Blättern erlaubt uns nicht sie für besondere Organe zu halten, wir erkennen sie vielmehr für die ersten Blätter des Stengels.

## § 15.

Läßt sich nun aber ein Blatt, nicht ohne Knoten, und ein Knoten nicht ohne Auge denken, so dürfen wir folgern daß derjenige Punct wo die Cotyledonen angeheftet sind, der wahre erste Knotenpunct der Pflanze sey. Es wird dieses durch diejenigen Pflanzen bekräftiget, welche unmittelbar unter den Flügeln der Cotyledonen, junge Augen hervortreiben, und aus diesen ersten Knoten vollkommene Zweige entwickeln, wie z.B. Vicia Faba zu thun pflegt.

## § 16.

Die Cotyledonen sind meist gedoppelt, und wir finden hierbey eine Bemerkung zu machen, welche uns in der Folge noch wichtiger scheinen wird. Es sind nehmlich die Blätter dieses ersten Knotens oft auch dann *gepaart*, wenn die folgenden Blätter des Stengels*wechselsweise* stehen, es zeigt sich also hier eine Annäherung und Verbindung der Theile, welche die Natur in der Folge trennt und von einander entfernt. Noch merkwürdiger ist es wenn die Cotyledonen als viele Blättchen um Eine Axe versammlet erscheinen, und der aus ihrer Mitte sich nach und nach entwickelnde Stengel, die folgenden Blätter einzeln um sich herum hervorbringt, welcher Fall sehr genau an dem Wachsthum der Pinusarten sich bemerken läßt. Hier bildet ein Kranz von Nadeln gleichsam einen Kelch, und wir werden in der Folge, bey ähnlichen Erscheinungen uns des gegenwärtigen Falles wieder zu erinnern haben.

## § 17.

Ganz unförmliche einzelne Kernstücke solcher Pflanzen, welche nur mit Einem Blatte keimen, gehen wir gegenwärtig vorbey.

## § 18.

Dagegen bemerken wir, daß auch selbst die blattähnlichsten Cotyledonen, gegen die folgenden Blätter des Stengels gehalten, immer unausgebildeter sind. Vorzüglich ist ihre Peripherie höchst einfach, und an derselben sind so wenig Spuren von Einschnitten zu sehen als auf ihren Flächen sich Haare oder andere Gefäße ausgebildeter Blätter bemerken lassen.

## II. Ausbildung der Stengelblätter von Knoten zu Knoten

### § 19.

Wir können nunmehr die successive Ausbildung der Blätter genau betrachten, da die fortschreitenden Wirkungen der Natur alle vor unsern Augen vorgehen. Einige oder mehrere der nun folgenden Blätter sind oft schon in dem Samen gegenwärtig, und liegen zwischen den Cotyledonen eingeschloßen; sie sind in ihrem zusammengefalteten Zustande unter dem Nahmen des Federchens bekannt. Ihre Gestalt verhält sich gegen die Gestalt der Cotyledonen und der folgenden Blätter an verschiedenen Pflanzen verschieden, doch weichen sie meist von den Cotyledonen schon darin ab, daß sie flach, zart und überhaupt als wahre Blätter gebildet sind, sich völlig grün färben, auf einem sichtbaren Knoten ruhen, und ihre Verwandtschaft mit den folgenden Stengelblättern nicht mehr verläugnen können; welchen sie aber noch gewöhnlich darin nachstehen, daß ihre Peripherie, ihr Rand nicht vollkommen ausgebildet ist.

### § 20.

Doch breitet sich die fernere Ausbildung unaufhaltsam von Knoten zu Knoten durch das Blatt aus, indem sich die mittlere Rippe desselben verlängert und die von ihr entspringenden Nebenrippen sich mehr oder weniger nach den Seiten ausstrecken. Diese verschiedenen Verhältnisse der Rippen gegen einander sind die vornehmste Ursache der manigfaltigen Blattgestalten. Die Blätter erscheinen nunmehr eingekerbt, tief eingeschnitten, aus mehreren Blättchen zusammengesezt, in welchem letzten Falle sie uns vollkommene kleine Zweige vorbilden. Von einer solchen successiven höchsten Vermanigfaltigung der einfachsten Blattgestalt giebt uns die Dattelpalme ein auffallendes Beyspiel. In einer Folge von mehreren Blättern schiebt sich dieMittelrippe vor, das fächerartige einfache Blatt wird zerrissen, abgetheilt, und ein höchst zusammengeseztes, mit einem Zweige wetteiferndes Blatt wird entwickelt.

### § 21.

In eben dem Maße, in welchem das Blatt selbst an Ausbildung zunimmt, bildet sich auch der Blattstiel aus, es sey nun daß er unmittelbar mit seinem

Blatte zusammen hange, oder ein besonderes, in der Folge leicht abzutrennendes Stielchen ausmache.

## § 22.

Daß dieser für sich bestehende Blattstiel gleichfalls eine Neigung habe sich in Blättergestalt zu verwandeln, sehen wir bey verschiedenen Gewächsen, z. B. an den Agrumen, und es wird uns seine Organisation in der Folge noch zu einigen Betrachtungen auffordern, welchen wir gegenwärtig ausweichen.

## § 23.

Auch können wir uns vorerst in die nähere Beobachtung der Afterblätter nicht einlassen; wir bemerken nur im Vorbeygehn, daß sie, besonders wenn sie einen Theil des Stiels ausmachen, bey der künftigen Umbildung desselben gleichfalls sonderbar verwandelt werden.

## § 24.

Wie nun die Blätter hauptsächlich ihre erste Nahrung den mehr oder weniger modificirten wässerigten Theilen zu verdanken haben, welche sie dem Stamme entziehen, so sind sie ihre größere Ausbildung und Verfeinerung dem Lichte und der Luft schuldig. Wenn wir jene in der verschlossenen Samenhülle erzeugte Cotyledonen, mit einem rohen Safte nur gleichsam ausgestopft, fast gar nicht, oder nur grob organisirt und ungebildet finden: so zeigen sich uns die Blätter der Pflanzen, welche unter dem Wasser wachsen, gröber organisirt als andere, der freyen Luft ausgesezte; ja sogar entwickelt dieselbige Pflanzenart glättere und weniger verfeinerte Blätter, wenn sie in tiefen feuchten Orten wächst; da sie hingegen, in höhere Gegenden versezt, rauhe, mit Haaren versehene, feiner ausgearbeitete Blätter hervorbringt.

## § 25.

Auf gleiche Weise wird die Anastomose der aus den Rippen entspringenden und sich mit ihren Enden einander aufsuchenden, die Blatthäutchen bildenden Gefäße, durch feinere Luftarten wo nicht allein bewirkt, doch wenigstens sehr befördert. Wenn Blätter vieler Pflanzen, die unter dem Wasser wachsen, fadenförmig sind, oder die Gestalt von Geweihen annehmen, so sind wir geneigt es dem Mangel einer vollkommenen Anastomose zu zuschreiben. Augenscheinlich belehrt uns hiervon das Wachsthum des Ranunculus aquaticus, dessen unter dem Wasser erzeugte Blätter aus fadenförmigen Rippen bestehen, die oberhalb des Wassers entwickelten aber völlig anastomosirt und zu einer zusammenhängenden Fläche ausgebildet sind. Ja es läßt sich an halb anastomosirten, halb fadenförmigen Blättern dieser Pflanze der Uebergang genau bemerken.


## § 26.

Man hat sich durch Erfahrungen unterrichtet, daß die Blätter verschiedene Luftarten einsaugen, und sie mit den in ihrem Innern enthaltenen Feuchtigkeiten verbinden; auch bleibt wohl kein Zweifel übrig, daß sie diese feineren Säfte wieder in den Stengel zurück bringen, und die Ausbildung der in ihrer Nähe liegenden Augen dadurch vorzüglich befördern. Man hat die, aus den Blättern mehrerer Pflanzen, ja aus den Hölungen der Rohre entwickelten Luftarten untersucht, und sich also vollkommen überzeugen können.


## § 27.

Wir bemerken bey mehreren Pflanzen, daß ein Knoten aus dem andern entspringt. Bey Stengeln welche von Knoten zu Knoten geschlossen sind, bey den Cerealien, den Gräsern, Rohren, ist es in die Augen fallend; nicht eben so sehr bey andern Pflanzen, welche in der Mitte durchaus hohl und mit einem Mark oder vielmehr einem zelligten Gewebe ausgefüllt erscheinen. Da man nun aber diesem ehemals sogenannten Mark seinen bisher behaupteten Rang, neben den andern inneren Theilen der Pflanze, und wie uns scheint, mit überwiegenden Gründen, streitig gemacht, ihm den scheinbar behaupteten Einfluß in das Wachsthum abgesprochen und der innern Seite der zweiten Rinde, dem sogenannten Fleisch, alle Trieb- und Hervorbringungskraft zu zuschreiben nicht gezweifelt hat: so wird man sich gegenwärtig eher überzeugen, daß ein oberer Knoten, indem er aus dem vorhergehenden entsteht und die Säfte mittelbar durch ihn empfängt, solche feiner und filtrierter erhalten, auch von der inzwischen geschehenen

Einwirkung der Blätter genießen, sich selbst feiner ausbilden und seinen Blättern und Augen feinere Säfte zubringen müsse.

## § 28.

Indem nun auf diese Weise die roheren Flüssigkeiten immer abgeleitet, reinere herbey geführt werden, und die Pflanze sich stufenweise feiner ausarbeitet, erreicht sie den von der Natur vorgeschriebenen Punct. Wir sehen endlich die Blätter in ihrer größten Ausbreitung und Ausbildung, und werden bald darauf eine neue Erscheinung gewahr, welche uns unterrichtet: die bisher beobachtete Epoche sey vorbey, es nahe sich eine zweyte, die Epoche der *Blühte*.

### III. Uebergang zum Blüthenstande

## § 29.

Den Uebergang zum Blüthenstande sehen
wir *schneller* oder *langsamer* geschehen. In dem letzten Falle bemerken
wir gewöhnlich, daß die Stengelblätter von ihrer Peripherie herein sich
wieder anfangen zusammen zu ziehen, besonders ihre manigfaltigen äußern
Eintheilungen zu verlieren, sich dagegen an ihren untern Theilen, wo sie
mit dem Stengel zusammenhängen, mehr oder weniger auszudehnen; in
gleicher Zeit sehen wir wo nicht die Räume des Stengels von Knoten zu
Knoten merklich verlängert, doch wenigstens denselben gegen seinen
vorigen Zustand viel feiner und schmächtiger gebildet.

## § 30.

Man hat bemerkt, daß häufige Nahrung den Blüthenstand einer Pflanze
verhindere, mäßige, ja kärgliche Nahrung ihn beschleunige. Es zeigt sich
hierdurch die Wirkung der Stammblätter, von welcher oben die Rede
gewesen, noch deutlicher. Solange noch rohere Säfte abzuführen sind, so
lange müssen sich die möglichen Organe der Pflanze zu Werkzeugen
dieses Bedürfnisses ausbilden. Dringt übermäßige Nahrung zu, so muß jene
Operation immer wiederholt werden, und der Blüthenstand wird gleichsam
unmöglich. Entzieht man der Pflanze die Nahrung, so erleichtert und
verkürzt man dagegen jene Wirkung der Natur; die Organe der Knoten
werden verfeinert, die Wirkung der unverfälschten Säfte reiner und
kräftiger, die Umwandlung der Theile wird möglich, und geschieht
unaufhaltsam.

# IV. Bildung des Kelches

## § 31.

Oft sehen wir diese Umwandlung *schnell* vor sich gehn, und in diesem Falle ruckt der Stengel, von dem Knoten des letzten ausgebildeten Blattes an, auf einmal verlängt und verfeinert, in die Höhe; und versammlet an seinem Ende mehrere Blätter um eine Axe.

## § 32.

Daß die Blätter des Kelches eben dieselbigen Organe seyen, welche sich bisher als Stengelblätter ausgebildet sehen lassen, nun aber oft in sehr veränderter Gestalt um Einen gemeinschaftlichen Mittelpunct versammlet stehen, läßt sich wie uns dünkt, auf das deutlichste beweisen.

## § 33.

Wir haben schon oben bey den Cotyledonen eine ähnliche Wirkung der Natur bemerkt, und mehrere Blätter, ja offenbar mehrere Knoten, um Einen Punct versammlet und neben einander gerückt gesehen. Es zeigen die Fichtenarten, indem sie sich aus dem Samenkorn entwickeln, einen Strahlenkranz von unverkennbaren Nadeln, welche, gegen die Gewohnheit anderer Cotyledonen, schon sehr ausgebildet sind; und wir sehen in der ersten Kindheit dieser Pflanze schon diejenige Kraft der Natur gleichsam angedeutet, wodurch in ihrem höheren Alter der Blüthen- und Fruchtstand gewirkt werden soll.

## § 34.

Ferner sehen wir bey mehreren Blumen unveränderte Stengelblätter gleich unter der Krone zu einer Art von Kelch zusammengerückt. Da sie ihre Gestalt noch vollkommen an sich tragen, so dürfen wir uns hier nur auf den Augenschein und auf die botanische Terminologie berufen, welche sie mit dem Nahmen *Blüthenblätter*, Folia floralia, bezeichnet hat.

## § 35.

Mit mehrerer Aufmerksamkeit haben wir den oben schon angeführten Fall zu beobachten, wo der Uebergang zum Blüthenstand langsam vorgeht, die Stengelblätter nach und nach sich zusammenziehen, sich verändern, und sich sachte in den Kelch gleichsam einschleichen; wie man solches bey Kelchen der Strahlenblumen, besonders der Sonnenblumen, der Calendeln, gar leicht beobachten kann.

## § 36.

Diese Kraft der Natur, welche mehrere Blätter um eine Axe versammlet, sehen wir eine noch innigere Verbindung bewirken und sogar diese zusammengebrachten modificirten Blätter noch unkenntlicher machen, indem sie solche unter einander manchmal ganz, oft aber nur zum Theil verbindet und an ihren Seiten zusammengewachsen hervorbringt. Die so nahe an einander gerückten und gedrängten Blätter berühren sich auf das genauste in ihrem zarten Zustande, anastomosiren sich durch die Einwirkung der höchst reinen, in der Pflanze nunmehr gegenwärtigen Säfte, und stellen uns die glockenförmigen oder sogenannten *einblätterigen Kelche* dar, welche mehr oder weniger von oben herein eingeschnitten, oder getheilt, uns ihren zusammengesezten Ursprung deutlich zeigen. Wir können uns durch den Augenschein hiervon belehren, wenn wir eine Anzahl tief eingeschnittener Kelche gegen mehrblätterige halten; besonders wenn wir die Kelche mancher Strahlenblumen genau betrachten. So werden wir zum Exempel sehen, daß ein Kelch der Calendel, welcher in der systematischen Beschreibung als *einfach* und *vielgetheilt* aufgeführt wird, aus mehreren zusammen und übereinander gewachsenen Blättern bestehe, zu welchen sich, wie schon oben gesagt, zusammengezogene Stammblätter gleichsam hinzuschleichen.

## § 37.

Bey vielen Pflanzen ist die Zahl und die Gestalt, in welcher die Kelchblätter, entweder einzeln oder zusammengewachsen, um die Axe des Stiels gereiht werden, beständig, so wie die übrigen folgenden Theile. Auf dieser Beständigkeit beruhet größtentheils die Zunahme, die Sicherheit, die Ehre der botanischen Wissenschaft, welche wir in diesen leztern Zeiten immer mehr haben zunehmen sehn. Bey andern Pflanzen ist die Anzahl und Bildung dieser Theile nicht gleich beständig; aber auch dieser

Unbestand hat die scharfe Beobachtungsgabe der Meister dieser Wissenschaft nicht hintergehen können; sondern sie haben durch genaue Bestimmungen auch diese Abweichungen der Natur gleichsam in einen engern Kreis einzuschließen gesucht.

## § 38.

Auf diese Weise bildet also die Natur den Kelch; daß sie mehrere Blätter und folglich mehrere Knoten, welche sie sonst *nach einander*, und in einiger Entfernung *von einander* hervorgebracht hätte, *zusammen*, meist in einer gewissen bestimmten Zahl und Ordnung um Einen Mittelpunct verbindet. Wäre durch zudringende überflüssige Nahrung der Blüthenstand verhindert worden; so würden sie alsdann aus einander geruckt und in ihrer ersten Gestalt erschienen seyn. Die Natur bildet also im Kelch kein neues Organ, sondern sie verbindet und modificirt nur die uns schon bekannt gewordenen Organe, und bereitet sich dadurch eine Stufe näher zum Ziel.

# V. Bildung der Krone

## § 39.

Wir haben gesehen daß der Kelch durch verfeinerte Säfte, welche nach und nach in der Pflanze sich erzeugen, hervorgebracht werde, und so ist er nun wieder zum Organe einer künftigen weitern Verfeinerung bestimmt. Es wird uns dieses schon glaublich, wenn wir seine Wirkung auch bloß mechanisch erklären. Denn wie höchst zart und zur feinsten Filtration geschickt müssen Gefäße werden, welche, wie wir oben gesehen haben, in dem höchsten Grade zusammen gezogen und an einander gedrängt sind.

## § 40.

Den Uebergang des Kelchs zur Krone können wir in mehr als Einem Fall bemerken; denn, obgleich die Farbe des Kelchs noch gewöhnlich grün und der Farbe der Stengelblätter ähnlich bleibt; so verändert sich dieselbe doch oft, an einem oder dem andern seiner Theile, an den Spitzen, den Rändern, dem Rücken, oder gar an seiner inwendigen Seite, indessen die äußere noch grün bleibt; und wir sehen mit dieser Färbung jederzeit eine Verfeinerung verbunden. Dadurch entstehen zweydeutige Kelche, welche mit gleichem Rechte für Kronen gehalten werden können.

## § 41.

Haben wir nun bemerkt, daß von den Samenblättern herauf eine große Ausdehnung und Ausbildung der Blätter, besonders ihrer Peripherie, und von da zu dem Kelche, eine Zusammenziehung des Umkreises vor sich gehe; so bemerken wir daß die Krone abermals durch eine Ausdehnung hervorgebracht werde. Die Kronenblätter sind gewöhnlich größer als die Kelchblätter, und es läßt sich bemerken, daß wie die Organe im Kelch zusammengezogen werden, sie sich nunmehr als Kronenblätter durch den Einfluß reinerer, durch den Kelch abermals filtrirter Säfte, in einem hohen Grade verfeint wieder ausdehnen, und uns, neue ganz verschiedene Organe vorbilden. Ihre feine Organisation, ihre Farbe, ihr Geruch, würden uns ihren Ursprung ganz unkenntlich machen, wenn wir die Natur nicht in mehreren außerordentlichen Fällen belauschen könnten.

## § 42.

So findet sich z. B. innerhalb des Kelches einer Nelke, manchmal ein zweiter Kelch, welcher zum Theil vollkommen grün, die Anlage zu einem einblätterigen eingeschnittenen Kelche zeigt; zum Theil zerrissen und an seinen Spitzen und Rändern, zu zarten, ausgedehnten, gefärbten wirklichen Anfängen der Kronenblätter umgebildet wird, wodurch wir denn die Verwandtschaft der Krone und des Kelches abermals deutlich erkennen.

## § 43.

Die Verwandtschaft der Krone mit den Stengelblättern zeigt sich uns auch auf mehr als eine Art: denn es erscheinen an mehreren Pflanzen Stengelblätter schon mehr oder weniger gefärbt, lange ehe sie sich dem Blüthenstande nähern; andere färben sich vollkommen in der Nähe des Blüthenstandes.

## § 44.

Auch gehet die Natur manchmal, indem sie das Organ des Kelchs gleichsam überspringt, unmittelbar zur Krone, und wir haben Gelegenheit in diesem Falle gleichfalls zu beobachten, daß Stengelblätter zu Kronenblättern übergehen. So zeigt sich z. B. manchmal an den Tulpenstengeln ein beynahe völlig ausgebildetes und gefärbtes Kronenblatt. Ja noch merkwürdiger ist der Fall; wenn ein solches Blatt halb grün, mit seiner einen Hälfte zum Stengel gehörig, an demselben befestigt bleibt, indes sein anderer und gefärbter Theil mit der Krone empor gehoben und das Blatt in zwey Theile zerrissen wird.

## § 45.

Es ist eine sehr wahrscheinliche Meynung daß Farbe und Geruch der Kronenblätter, der Gegenwart des männlichen Samens in denselben zu zuschreiben sey. Wahrscheinlich befindet er sich in ihnen noch nicht genugsam abgesondert, vielmehr mit andern Säften verbunden und diluiert; und die schönen Erscheinungen der Farben führen uns auf den Gedanken daß die Materie womit die Blätter ausgefüllt sind, zwar in einem hohen

Grad von Reinheit, aber noch nicht auf dem höchsten stehe, auf welchem sie uns weiß und ungefärbt erscheint.

# VI. Bildung der Staubwerkzeuge

## § 46.

Es wird uns dieses noch wahrscheinlicher, wenn wir die nahe Verwandtschaft der Kronenblätter mit den Staubwerkzeugen bedenken. Wäre die Verwandtschaft aller übrigen Theile untereinander ebenso in die Augen fallend, so allgemein bemerkt und außer allen Zweifel gesezt, so würde man gegenwärtigen Vortrag für überflüssig halten können.

## § 47.

Die Natur zeigt uns in einigen Fällen diesen Uebergang regelmäßig, z. B. bey der Canna, und mehreren Pflanzen dieser Familie. Ein wahres, wenig verändertes Kronenblatt zieht sich am obern Rande zusammen, und es zeigt sich ein Staubbeutel, bey welchem das übrige Blatt die Stelle des Staubfadens vertritt.

## § 48.

An Blumen welche öfters gefüllt erscheinen, können wir diesen Uebergang in allen seinen Stufen beobachten. Bey mehreren Rosenarten zeigen sich innerhalb der vollkommen gebildeten und gefärbten Kronenblätter andere, welche theils in der Mitte, theils an der Seite zusammengezogen sind; diese Zusammenziehung wird von einer kleinen Schwiele bewirkt, welche sich mehr oder weniger als ein vollkommener Staubbeutel sehen läßt, und in eben diesem Grade nähert sich das Blatt der einfacheren Gestalt eines Staubwerkzeugs. Bey einigen gefüllten Mohnen ruhen völlig ausgebildete Antheren, auf wenig veränderten Blättern der stark gefüllten Kronen, bey andern ziehen staubbeutelähnliche Schwielen die Blätter mehr oder weniger zusammen.

## § 49.

Verwandeln sich nun alle Staubwerkzeuge in Kronenblätter, so werden die Blumen unfruchtbar; werden aber in einer Blume, indem sie sich füllt, doch noch Staubwerkzeuge entwickelt, so gehet die Befruchtung vor sich.

$ \S\ 50. $

Und so entstehet ein Staubwerkzeug, wenn die Organe, die wir bisher als Kronenblätter sich ausbreiten gesehen, wieder in einem höchst zusammengezogenen und zugleich in einem höchst verfeinten Zustande erscheinen. Die oben vorgetragene Bemerkung wird dadurch abermals bestätigt und wir werden auf diese abwechselnde Wirkung der Zusammenziehung und Ausdehnung, wodurch die Natur endlich ans Ziel gelangt, immer aufmerksamer gemacht.

# VII. Necktarien

## § 51.

So schnell der Uebergang bey manchen Pflanzen von Krone zu den Staubwerkzeugen ist, so bemerken wir doch, daß die Natur nicht immer diesen Weg mit Einem Schritt zurücklegen kann. Sie bringt vielmehr Zwischenwerkzeuge hervor, welche an Gestalt und Bestimmung sich bald dem einen bald dem andern Theile nähern, und obgleich ihre Bildung höchst verschieden ist, sich dennoch meist unter Einen Begriff vereinigen lassen: Daß es *langsame Uebergänge von den Kelchblättern zu den Staubgefäßen* seyen.

## § 52.

Die meisten jener verschieden gebildeten Organe, welche Linné mit dem Nahmen Necktarien bezeichnet, lassen sich unter diesem Begriff vereinigen; und wir finden auch hier Gelegenheit, den großen Scharfsinn des außerordentlichen Mannes zu bewundern, der ohne sich die Bestimmung dieser Theile ganz deutlich zu machen, sich auf eine Ahndung verließ, und sehr verschieden scheinende Organe mit Einem Nahmen zu belegen wagte.

## § 53.

Es zeigen uns verschiedene Kronenblätter, schon ihre Verwandtschaft mit den Staubgefäßen dadurch, daß sie, ohne ihre Gestalt merklich zu verändern, Grübchen oder Glandeln an sich tragen, welche einen honigartigen Saft abscheiden. Daß dieser eine noch unausgearbeitete, nicht völlig determinirte Befruchtungs-Feuchtigkeit sey, können wir in denen schon oben angeführten Rücksichten einigermaßen vermuthen, und diese Vermuthung wird durch Gründe welche wir unten anführen werden, noch einen höhern Grad von Wahrscheinlichkeit erreichen.

## § 54.

Nun zeigen sich auch die sogenannten Necktarien als für sich bestehende Theile; und dann nähert sich ihre Bildung bald den Kronenblättern bald den

Staubwerkzeugen. So sind z. E. die dreyzehn Fäden, mit ihren eben so viel rothen Kügelchen auf den Necktarien der Parnassia den Staubwerkzeugen höchst ähnlich. Andere zeigen sich als Staubfäden ohne Antheren, als an der Vallisneria, der Fevillia; wir finden sie an der Pentapetes in einem Kreise mit den Staubwerkzeugen regelmäßig abwechseln, und zwar schon in Blattgestalt; auch werden sie in der systematischen Beschreibung, als Filamenta castrata petaliformia aufgeführt. Eben solche schwankende Bildungen sehen wir an der Kiggelaria und der Passionsblume.

## § 55.

Gleichfalls scheinen uns die eigentlichen *Nebenkronen* den Nahmen der Necktarien in dem oben angegebenen Sinne zu verdienen. Denn wenn die Bildung der Kronenblätter durch eine Ausdehnung geschieht, so werden dagegen die Nebenkronen durch eine Zusammenziehung, folglich auf eben die Weise wie die Staubwerkzeuge gebildet. So sehen wir innerhalb vollkommener, ausgebreiteter Kronen, kleinere, zusammengezogene Nebenkronen wie im Narcissus, dem Nerium, dem Agrostemma.

## § 56.

Noch sehen wir bey verschiedenen Geschlechtern andere Veränderungen der Blätter, welche auffallender und merkwürdiger sind. Wir bemerken an verschiedenen Blumen, daß ihre Blätter inwendig, unten, eine kleine Vertiefung haben, welche mit einem honigartigen Safte ausgefüllt ist. Dieses Grübchen, indem es sich bey andern Blumengeschlechtern und Arten, mehr vertieft, bringt auf der Rückseite des Blatts eine Sporn- oder Hornartige Verlängerung hervor, und die Gestalt des übrigen Blattes wird sogleich mehr oder weniger modificirt. Wir können dieses an verschiedenen Arten und Varietäten des Agleys genau bemerken.

## § 57.

Im höchsten Grad der Verwandlung findet man dieses Organ, z. B. bey dem Aconitum und der Nigella, wo man aber doch mit geringer Aufmerksamkeit ihre Blattähnlichkeit bemerken wird; besonders wachsen sie bey der Nigella leicht wieder in Blätter aus, und die Blume wird durch die Umwandlung der Necktarien gefüllt. Bey dem Aconito wird man mit einiger aufmerksamer Beschauung die Aehnlichkeit der Necktarien und des gewölbten Blattes, unter welchen sie verdeckt stehen, erkennen.

## § 58.

Haben wir nun oben gesagt; daß die Necktarien Annäherungen der Kronenblätter zu den Staubgefäßen seyen, so können wir bey dieser Gelegenheit über die unregelmäßigen Blumen einige Bemerkungen machen. So könnten z. E. die fünf äußern Blätter des Melianthus als wahre Kronenblätter aufgeführt, die fünf innern aber als eine Nebenkrone, aus sechs Necktarien bestehend, beschrieben werden, wovon das obere sich der Blattgestalt am meisten nähert, das untere, das auch jezt schon Nektarium heißt, sich am weitsten von ihr entfernt. In eben dem Sinne könnte man die Carina der Schmetterlings-Blumen ein Necktarium nennen, indem sie unter den Blättern dieser Blume sich an die Gestalt der Staubwerkzeuge am nächsten heran bildet, und sich sehr weit von der Blattgestalt des sogenannten Vexilli entfernt. Wir werden auf diese Weise die pinselförmigen Körper, welche an dem Ende der Carina einiger Arten der Polygala befestigt sind, gar leicht erklären, und uns von der Bestimmung dieser Theile einen deutlichen Begriff machen können.

## § 59.

Unnöthig würde es seyn, sich hier ernstlich zu verwahren, daß es bey diesen Bemerkungen die Absicht nicht sey, das durch die Bemühungen der Beobachter und Ordner bisher abgesonderte und in Fächer gebrachte zu verwirren; man wünscht nur durch diese Betrachtungen die abweichenden Bildungen von Pflanzen erklärbarer zu machen.

# VIII. Noch einiges von den Staubwerkzeugen

## § 60.

Daß die Geschlechtstheile der Pflanzen durch die Spiralgefäße wie die übrigen Theile hervorgebracht werden, ist durch mikroscopische Beobachtungen außer allen Zweifel gesezt. Wir nehmen daraus ein Argument für die innere Identität der verschiedenen Pflanzentheile, welche uns bisher in so manigfaltigen Gestalten erschienen sind.

## § 61.

Wenn nun die Spiralgefäße in der Mitte der Saftgefäß-Bündel liegen, und von ihnen umschlossen werden; so können wir uns jene starke Zusammenziehung einigermaßen näher denken, wenn wir die Spiralgefäße, die uns wirklich als elastische Federn erscheinen, in ihrer höchsten Kraft gedenken, so daß sie überwiegend, hingegen die Ausdehnung der Saftgefäße subordinirt wird.

## § 62.

Die verkürzten Gefäßbündel können sich nun nicht mehr ausbreiten, sich einander nicht mehr aufsuchen und durch Anastomose kein Netz mehr bilden; die Schlauchgefäße, welche sonst die Zwischenräume des Netzes ausfüllen, können sich nicht mehr entwickeln, alle Ursachen wodurch Stengel- Kelch- und Blumenblätter sich in die Breite ausgedehnt haben, fallen hier völlig weg, und es entsteht ein schwacher höchst einfacher Faden.

## § 63.

Kaum daß noch die feinen Häutchen der Staubbeutel gebildet werden, zwischen welchen sich die höchst zarten Gefäße nunmehr endigen. Wenn wir nun annehmen, daß hier eben jene Gefäße, welche sich sonst verlängerten, ausbreiteten und sich einander wieder aufsuchten, gegenwärtig in einem höchst zusammen gezogenen Zustande sind: wenn wir aus ihnen nunmehr den höchst ausgebildeten Samenstaub hervor dringen sehen, welcher das durch seine Thätigkeit ersezt, was den Gefäßen die ihn hervorbringen an Ausbreitung entzogen ist: wenn er nun mehr losgelöst die weiblichen Theile aufsucht, welche den Staubgefäßen durch gleiche Wirkung der Natur entgegen gewachsen sind, wenn er sich fest an sie anhängt, und seine Einflüsse ihnen mittheilt: so sind wir nicht abgeneigt, die Verbindung der beyden Geschlechter eine geistige Anastomose zu nennen, und glauben wenigstens einen Augenblick die Begriffe von Wachsthum und Zeugung einander näher gerückt zu haben.

## § 64.

Die feine Materie, welche sich in den Antheren entwickelt, erscheint uns als ein Staub; diese Staubkügelchen sind aber nur Gefäße worin höchst feiner Saft aufbewahrt ist. Wir pflichten daher der Meynung derjenigen bey, welche behaupten, daß dieser Saft von den Pistillen an denen sich die Staubkügelchen anhängen, eingesogen und so die Befruchtung bewirkt werde. Es wird dieses um so wahrscheinlicher, da einige Pflanzen keinen Samenstaub, vielmehr nur eine bloße Feuchtigkeit absondern.

## § 65.

Wir erinnern uns hier des honigartigen Saftes der Necktarien, und dessen wahrscheinlicher Verwandtschaft mit der ausgearbeitetern Feuchtigkeit der Samenbläschen. Vielleicht sind die Necktarien vorbereitende Werkzeuge, vielleicht wird ihre honigartige Feuchtigkeit von den Staubgefäßen eingesogen, mehr determinirt und völlig ausgearbeitet; eine Meinung, die um so wahrscheinlicher wird, da man nach der Befruchtung diesen Saft nicht mehr bemerkt.

## § 66.

Wir lassen hier, obgleich nur im Vorbeygehen, nicht unbemerkt; daß sowohl die Staubfäden als Antheren verschiedentlich zusammengewachsen sind, und uns die wunderbarsten Beyspiele der schon mehrmals von uns angeführten Anastomose und Verbindung der in ihren ersten Anfängen wahrhaft getrennten Pflanzentheile zeigen.

## IX. Bildung des Griffels

### § 67.

War ich bisher bemüht, die innere Identität der verschiedenen, nach einander entwickelten Pflanzentheile, bey der größten Abweichung der äußern Gestalt, so viel es möglich gewesen, anschaulich zu machen; so wird man leicht vermuthen können daß nunmehr meine Absicht sey, auch die Struktur der weiblichen Theile auf diesem Wege zu erklären.

### § 68.

Wir betrachten zuvörderst den Griffel von der Frucht abgesondert, wie wir ihn auch oft in der Natur finden; und um so mehr können wir es thun, da er sich in dieser Gestalt von der Frucht unterschieden zeigt.

### § 69.

Wir bemerken nehmlich daß der Griffel auf eben der Stufe des Wachsthums stehe, wo wir die Staubgefäße gefunden haben. Wir konnten nehmlich beobachten, daß die Staubgefäße durch eine Zusammenziehung hervorgebracht werden; die Griffel sind oft in demselbigen Falle, und wir sehen sie, wenn auch nicht immer mit den Staubgefäßen von gleichem Maße, doch nur um weniges länger oder kürzer gebildet. In vielen Fällen sieht der Griffel fast einem Staubfaden ohne Anthere gleich, und die Verwandtschaft ihrer Bildung ist äußerlich größer als bey den übrigen Theilen. Da sie nun beyderseits durch Spiralgefäße hervorgebracht werden, so sehen wir desto deutlicher, daß der weibliche Theil so wenig als der männliche ein besonderes Organ sey, und wenn die genaue Verwandtschaft desselben mit dem männlichen, uns durch diese Betrachtung recht anschaulich wird, so finden wir jenen Gedanken die Begattung eine Anastomose zu nennen passender und einleuchtender.

### § 70.

Wir finden den Griffel sehr oft aus mehreren einzelnen Griffeln zusammengewachsen, und die Theile aus denen er bestehet lassen sie kaum am Ende, wo sie nicht einmal immer getrennt sind, erkennen. Dieses

Zusammenwachsen, dessen Wirkung wir schon öfters bemerkt haben, wird hier am meisten möglich; ja es muß geschehen, weil die feinen Theile vor ihrer gänzlichen Entwickelung in der Mitte des Blüthenstandes zusammengedrängt sind, und sich auf das innigste mit einander verbinden können.

## § 71.

Die nahe Verwandtschaft mit den vorhergehenden Theilen des Blüthenstandes zeigt uns die Natur in verschiedenen regelmäßigen Fällen mehr oder weniger deutlich. So ist z. B. das Pistill der Iris mit seiner Narbe, in völliger Gestalt eines Blumenblattes vor unsern Augen. Die schirmförmige Narbe der Sarracenie zeigt sich zwar nicht so auffallend aus mehreren Blättern zusammengesezt, doch verläugnet sie sogar die grüne Farbe nicht. Wollen wir das Mikroscop zu Hülfe nehmen, so finden wir mehrere Narben, z. E. des Crocus, der Zanichella, als völlige ein- oder mehrblätterige Kelche gebildet.

## § 72.

Rückschreitend zeigt uns die Natur öfters den Fall, daß sie die Griffel und Narben wieder in Blumenblätter verwandelt; z. B. füllt sich der Ranunculus asiaticus dadurch, daß sich die Narben und Pistille des Fruchtbehälters zu wahren Kronenblättern umbilden, indessen die Staubwerkzeuge, gleich hinter der Krone, oft unverändert gefunden werden. Einige andere bedeutende Fälle werden unten vorkommen.

## § 73.

Wir wiederholen hier jene oben angezeigten Bemerkungen, daß Griffel und Staubfäden auf der gleichen Stufe des Wachsthums stehen, und erläutern jenen Grund des wechselsweisen Ausdehnens und Zusammenziehens dadurch abermals. Vom Samen bis zu der höchsten Entwickelung des Stengelblattes, bemerkten wir zuerst eine Ausdehnung, darauf sahen wir durch eine Zusammenziehung den Kelch entstehen, die Blumenblätter durch eine Ausdehnung, die Geschlechtstheile abermals durch eine Zusammenziehung; und wir werden nun bald die größte Ausdehnung in der Frucht, und die größte Concentration in dem Samen gewahr werden. In diesen sechs Schritten vollendet die Natur unaufhaltsam das ewige Werk der Fortpflanzung der Vegetabilien durch zwey Geschlechter.

# X. Von den Früchten

## § 74.

Wir werden nunmehr die Früchte zu beobachten haben, und uns bald überzeugen, daß dieselben gleichen Ursprungs und gleichen Gesezen unterworfen seyen. Wir reden hier eigentlich von solchen Gehäusen welche die Natur bildet, um die sogenannten bedeckten Samen einzuschließen, oder vielmehr aus dem Innersten dieser Gehäuse durch die Begattung eine größere oder geringere Anzahl Samen zu entwickeln. Daß diese Behältnisse gleichfalls aus der Natur und Organisation der bisher betrachteten Theile zu erklären seyen, wird sich mit wenigem zeigen lassen.

## § 75.

Die rückschreitende Metamorphose macht uns hier abermals auf dieses Naturgesez aufmerksam. So läßt sich zum Beyspiel an den Nelken, diesen eben wegen ihrer Ausartung so bekannten und beliebten Blumen, oft bemerken, daß die Samenkapseln sich wieder in kelchähnliche Blätter verändern, und daß in eben diesem Maße die aufgesezten Griffel an Länge abnehmen; ja es finden sich Nelken, an denen sich das Fruchtbehältnis in einen wirklichen vollkommenen Kelch verwandelt hat, indeß die Einschnitte desselben an der Spitze noch zarte Ueberbleibsel der Griffel und Narben tragen, und sich aus dem Innersten dieses zweyten Kelchs, wieder eine mehr oder weniger vollständige Blätterkrone statt der Samen entwickelt.

## § 76.

Ferner hat uns die Natur selbst durch regelmäßige und beständige Bildungen, auf eine sehr manigfaltige Weise die Fruchtbarkeit geoffenbart, welche in einem Blatt verborgen liegt. So bringt ein zwar verändertes doch noch völlig kenntliches Blatt der Linde aus seiner Mittelrippe ein Stielchen und an demselben eine vollkommene Blüthe und Frucht hervor. Bey dem Ruscus ist die Art wie Blüthen und Früchte auf den Blättern aufsitzen noch merkwürdiger.

$ 77.

Noch stärker und gleichsam ungeheuer wird uns die unmittelbare Fruchtbarkeit der Stengelblätter in den Farrenkräutern vor Augen gelegt; welche durch einen innern Trieb, und vielleicht gar ohne bestimmte Wirkung zweyer Geschlechter, unzählige, des Wachsthums fähige Samen, oder vielmehr Keime entwickeln und umherstreuen, wo also ein Blatt an Fruchtbarkeit mit einer ausgebreiteten Pflanze, mit einem großen und ästereichen Baume wetteifert.

$ 78.

Wenn wir diese Beobachtungen gegenwärtig behalten; so werden wir in den Samenbehältern, ohnerachtet ihrer manigfaltigen Bildung, ihrer besonderen Bestimmung und Verbindung unter sich, die Blattgestalt nicht verkennen. So wäre z. B. die Hülse ein einfaches zusammengeschlagenes, an seinen Rändern verwachsenes Blatt, die Schoten würden aus mehr übereinander gewachsenen Blättern bestehen, die zusammengesezten Gehäuse erklärten sich aus mehreren Blättern, welche sich um einen Mittelpunct vereiniget, ihr Innerstes gegen einander aufgeschlossen, und ihre Ränder mit einander verbunden hätten. Wir können uns hiervon durch den Augenschein überzeugen, wenn solche zusammengesezte Kapseln nach der Reife von einander springen, da denn jeder Theil derselben sich uns als eine eröffnete Hülse oder Schote zeigt. Eben so sehen wir bey verschiedenen Arten eines und desselben Geschlechts, eine ähnliche Wirkung regelmäßig vorgehen; z. B. sind die Fruchtkapseln der Nigella orientalis, in der Gestalt von halb miteinander verwachsenen Hülsen, um eine Axe versammlet, wenn sie bey der Nigella Damascena völlig zusammen gewachsen erscheinen.

$ 79.

Am meisten rückt uns die Natur diese Blattähnlichkeit aus den Augen, indem sie saftige und weiche oder holzartige und feste Samenbehälter bildet; allein sie wird unserer Aufmerksamkeit nicht entschlüpfen können, wenn wir ihr in allen Uebergängen sorgfältig zu folgen wissen. Hier sey es genug, den allgemeinen Begriff davon angezeigt und die Übereinstimmung der Natur an einigen Beyspielen gewiesen zu haben. Die große

Manigfaltigkeit der Samenkapseln gibt uns künftig Stoff zu mehrerer Betrachtung.


§ 80.

Die Verwandtschaft der Samenkapseln mit den vorhergehenden Theilen zeigt sich auch durch das Stigma, welches bey vielen unmittelbar aufsizt und mit der Kapsel unzertrennlich verbunden ist. Wir haben die Verwandtschaft der Narbe mit der Blattgestalt schon oben gezeigt und können hier sie nochmals aufführen; indem sich bey gefüllten Mohnen bemerken läßt, daß die Narben der Samenkapseln in farbige, zarte, Kronenblättern völlig ähnliche Blättchen verwandelt werden.


§ 81.

Die lezte und größte Ausdehnung welche die Pflanze in ihrem Wachsthum vornimmt; zeigt sich in der Frucht. Sie ist sowohl an innerer Kraft als äußerer Gestalt oft sehr groß, ja ungeheuer. Da sie gewöhnlich nach der Befruchtung vor sich gehet; so scheinet der nun mehr determinierte Same, indem er zu seinem Wachsthum aus der ganzen Pflanze die Säfte herbeyzieht, ihnen die Hauptrichtung nach der Samenkapsel zu geben, wodurch denn ihre Gefäße genährt, erweitert, und oft in dem höchsten Grade ausgefüllt und ausgespannt werden. Daß hieran reinere Luftarten einen großen Antheil haben, läßt sich schon aus dem Vorigen schließen und es bestätigt sich durch die Erfahrung, daß die aufgetriebenen Hülsen der Colutea reine Luft enthalten.

## XI. Von den unmittelbaren Hüllen des Samens


### § 82.

Dagegen finden wir, daß der Same in dem höchsten Grade von Zusammenziehung und Ausbildung seines Innern sich befindet. Es läßt sich bey verschiedenen Samen bemerken daß er Blätter zu seinen nächsten Hüllen umbilde, mehr oder weniger sich anpasse, ja meistens durch seine Gewalt, sie völlig an sich schließe und ihre Gestalt gänzlich verwandle. Da wir oben mehrere Samen sich aus und in Einem Blatt entwickeln gesehn, so werden wir uns nicht wundern, wenn ein einzelner Samenkeim sich in eine Blatthülle kleidet.


### § 83.

Die Spuren solcher nicht völlig den Samen angepaßten Blattgestalten, sehen wir an vielen geflügelten Samen, z. B. des Ahorns, der Rüster, der Esche, der Birke. Ein sehr merkwürdiges Beyspiel, wie der Samenkeim breitere Hüllen nach und nach zusammen zieht und sich anpaßt, geben uns die drei verschiedenen Kreise verschiedengestalteter Samen der Calendel. Der äußerste Kreis behält noch eine mit den Kelchblättern verwandte Gestalt; nur daß eine, die Rippe ausdehnende Samenanlage das Blatt krümmt, und die Krümmung inwendig der Länge nach durch ein Häutchen in zwey Theile abgesondert wird. Der folgende Kreis hat sich schon mehr verändert, die Breite des Blättchens und das Häutchen haben sich gänzlich verlohren; dagegen ist die Gestalt etwas weniger verlängert, die in dem Rücken befindliche Samenanlage zeigt sich deutlicher und die kleinen Erhöhungen auf derselben sind stärker; diese beyden Reihen scheinen entweder gar nicht, oder nur unvollkommen befruchtet zu seyn. Auf sie folgt die dritte Samenreihe in ihrer ächten Gestalt stark gekrümmt, und mit einem völlig angepaßten, und in allen seinen Striefen und Erhöhungen völlig ausgebildeten Involucro. Wir sehen hier abermals eine gewaltsame Zusammenziehung ausgebreiteter blattähnlicher Theile, und zwar durch die innere Kraft des Samens, wie wir oben durch die Kraft der Anthere das Blumenblatt zusammengezogen gesehen haben.

# XII. Rückblick und Uebergang

## § 84.

Und so wären wir der Natur auf ihren Schritten, so bedachtsam als möglich gefolgt; wir hätten die äußere Gestalt der Pflanze in allen ihren Umwandlungen, von ihrer Entwickelung aus dem Samenkorn, bis zur neuen Bildung desselben begleitet. Und ohne Anmaßung die ersten Triebfedern der Naturwirkungen entdecken zu wollen, auf Aeußerung der Kräfte, durch welche die Pflanze ein und eben dasselbe Organ nach und nach umbildet, unsre Aufmerksamkeit gerichtet. Um den einmal ergriffenen Faden nicht zu verlassen, haben wir die Pflanze durchgehends nur als einjährig betrachtet, wir haben nur die Umwandlung der Blätter welche die Knoten begleiten bemerkt, und alle Gestalten aus ihnen hergeleitet. Allein es wird, um diesem Versuch die nöthige Vollständigkeit zu geben, nunmehr noch nöthig, von den *Augen* zu sprechen welche unter jedem Blatt verborgen liegen, sich unter gewissen Umständen entwickeln, und unter andern völlig zu verschwinden scheinen.

# XIII. Von den Augen und ihrer Entwickelung

## § 85.

Jeder Knoten hat von der Natur die Kraft, ein oder mehrere Augen hervorzubringen; und zwar geschieht solches in der Nähe der ihn bekleidenden Blätter, welche die Bildung und das Wachsthum der Augen vorzubereiten und mit zu bewirken scheinen.

## § 86.

In der successiven Entwickelung eines Knotens aus dem andern, in der Bildung eines Blattes an jedem Knoten und eines Auges in dessen Nähe, beruhet die erste, einfache, langsam fortschreitende Fortpflanzung der Vegetabilien.

## § 87.

Es ist bekannt, dass ein solches Auge in seinen Wirkungen eine große Aehnlichkeit mit dem reifen Samen hat; und daß oft in jenem noch mehr als in diesem die ganze Gestalt der künftigen Pflanze erkannt werden kann.

## § 88.

Ob sich gleich an dem Auge ein Wurzelpunct so leicht nicht bemerken läßt, so ist doch derselbe eben so darin wie in dem Samen gegenwärtig, und entwickelt sich, besonders durch feuchte Einflüsse, leicht und schnell.

## § 89.

Das Auge bedarf keiner Cotyledonen; weil es mit seiner schon völlig organisirten Mutterpflanze zusammenhängt, und aus derselbigen, so lang es mit ihr verbunden ist, oder, nach der Trennung, von der neuen Pflanze auf welche man es gebracht hat; oder durch die alsobald gebildeten Wurzeln, wenn man einen Zweig in die Erde bringt, hinreichende Nahrung erhält.

## § 90.

Das Auge besteht aus mehr oder weniger entwickelten Knoten und Blättern, welche den künftigen Wachsthum weiter verbreiten sollen. Die Seitenzweige also welche aus den Knoten der Pflanzen entspringen, lassen sich als besondere Pflänzchen, welche eben so auf dem Mutterkörper stehen wie dieser an der Erde befestigt ist, betrachten.

§ 91.

Die Vergleichung und Unterscheidung beyder ist schon öfters, besonders aber vor kurzem so scharfsinnig und mit so vieler Genauigkeit ausgeführt worden, daß wir uns hier bloß mit einem unbedingten Beyfall darauf berufen können.

§ 92.

Wir führen davon nur so viel an. Die Natur unterscheidet bey ausgebildeten Pflanzen, Augen und Samen deutlich von einander. Steigen wir aber von da zu den unausgebildeten Pflanzen herab, so scheint sich der Unterschied zwischen beyden selbst vor den Blicken des schärfsten Beobachters zu verlieren. Es giebt unbezweifelte Samen, unbezweifelte Gemmen; aber der Punct, wo wirklich befruchtete, durch die Wirkung zweyer Geschlechter von der Mutterpflanze isolirte Samen mit Gemmen zusammentreffen, welche aus der Pflanze nur hervordringen und sich ohne bemerkbare Ursache loslösen, ist wohl mit dem Verstande, keineswegs aber mit den Sinnen zu erkennen.

§ 93.

Dieses wohlerwogen, werden wir folgern dürfen: daß die Samen welche sich durch ihren eingeschlossenen Zustand von den Augen, durch die sichtbare Ursache ihrer Bildung und Absonderung von den Gemmen unterscheiden, dennoch mit beyden nahe verwandt sind.

## XIV. Bildung der Zusammengesezten Blüthen und Fruchtstände

### § 94.

Wir haben bisher die einfachen Blüthenstände, ingleichen die Samen, welche in Kapseln befestiget hervorgebracht werden, durch die Umwandlung der Knotenblätter zu erklären gesucht, und es wird sich bey näherer Untersuchung finden; daß in diesem Falle sich keine Augen entwickeln, vielmehr die Möglichkeit einer solchen Entwickelung ganz und gar aufgehoben wird. Um aber die zusammengesezten Blüthenstände sowohl, als die gemeinschaftlichen Fruchtstände, um Einen Kegel, Eine Spindel, auf Einem Boden, und so weiter zu erklären, müssen wir nun die Entwickelung der Augen zu Hülfe nehmen.

### § 95.

Wir bemerken sehr oft, daß Stengel, ohne zu einem einzelnen Blüthenstande sich lange vorzubereiten und aufzusparen, schon aus den Knoten ihre Blüthen hervortreiben, und so bis an ihre Spitze oft ununterbrochen fortfahren. Doch lassen sich die dabey vorkommenden Erscheinungen aus der oben vorgetragenen Theorie erklären. Alle Blumen, welche sich aus den Augen entwickeln, sind als ganze Pflanzen anzusehen, welche auf der Mutterpflanze ebenso wie diese auf der Erde stehen. Da sie nun aus den Knoten reinere Säfte erhalten; so erscheinen selbst die ersten Blätter der Zweiglein viel ausgebildeter, als die ersten Blätter der Mutterpflanze welche auf die Cotyledonen folgen; ja es wird die Ausbildung des Kelches und der Blume oft sogleich möglich.

### § 96.

Eben diese aus den Augen sich bildenden Blüthen würden bey mehr zudringender Nahrung, Zweige geworden seyn, und das Schicksal des Mutterstengels, dem er sich unter solchen Umständen unterwerfen müßte, gleichfalls erduldet haben.

### § 97.

So wie nun von Knoten zu Knoten sich, dergleichen Blüthen entwickeln,
so bemerken wir gleichfalls jene Veränderung der Stengelblätter, die wir
oben bey dem langsamen Uebergange zum Kelch beobachtet haben. Sie
ziehen sich immer mehr und mehr zusammen, und verschwinden endlich
beynahe ganz. Man nennt sie alsdann Bracteas, indem sie sich von der
Blattgestalt mehr oder weniger entfernen. In eben diesem Maße wird der
Stiel verdünnt, die Knoten rücken mehr zusammen, und alle oben
bemerkten Erscheinungen gehen vor, nur daß am Ende des Stengels kein
entschiedener Blüthenstand folgt, weil die Natur ihr Recht schon von Auge
zu Auge ausgeübt hat.


## § 98.

Haben wir nun einen solchen an jedem Knoten mit einer Blume gezierten
Stengel wohl betrachtet; so werden wir uns gar bald
einen*gemeinschaftlichen Blüthenstand* erklären können: wenn wir das was
oben von Entstehung des Kelches gesagt ist mit zu Hülfe nehmen.


## § 99.

Die Natur bildet einen *gemeinschaftlichen Kelch*, aus *vielen* Blättern,
welche sie auf einander drängt und um eine Axe versammlet; mit eben
diesem starken Triebe des Wachsthums entwickelt
sie *einen* gleichsam *unendlichen Stengel, mit allen seinen Augen in
Blüthengestalt, auf einmal, in der möglichsten* aneinander
gedrängten *Nähe*, und jedes Blümchen befruchtet das unter ihm schon
vorbereitete Samengefäß. Bey dieser ungeheuren Zusammenziehung
verlieren sich die Knotenblätter nicht immer; bey den Disteln begleitet das
Blättchen getreulich das Blümchen, das sich aus den Augen neben ihnen
entwickelt. Man vergleiche mit diesem Paragraph die Gestalt des Dipsacus
laciniatus. Bey vielen Gräsern wird eine jede Blüthe durch ein solches
Blättchen, das in diesem Falle der Balg genannt wird, begleitet.


## § 100.

Auf diese Weise wird es uns nun anschaulich seyn, wie *die, um einen
gemeinsamen Blüthenstand entwickelten Samen, wahre,* durch die *Wirkung
beyder Geschlechter ausgebildete und entwickelte Augen seyen.* Fassen wir

diesen Begriff fest, und betrachten in diesem Sinne mehrere Pflanzen, ihren Wachsthum und Fruchtstände, so wird der Augenschein bey einiger Vergleichung uns am besten überzeugen.

### § 101.

Es wird uns sodann auch nicht schwer seyn, den Fruchtstand der in der Mitte einer einzelnen Blume, oft um eine Spindel versammleten, bedeckten oder unbedeckten Samen zu erklären. Denn es ist ganz einerley, ob eine einzelne Blume einen gemeinsamen Fruchtstand umgiebt, und die zusammengewachsenen Pistille von den Antheren der Blume die Zeugungssäfte einsaugen und sie den Samenkörnern einflößen, oder ob ein jedes Samenkorn sein eignes Pistill, seine eigenen Antheren, seine eigenen Kronenblätter um sich habe.

### § 102.

Wir sind überzeugt daß mit einiger Uebung es nicht schwer sey, sich auf diesem Wege die manigfaltigen Gestalten der Blumen und Früchte zu erklären; nur wird freylich dazu erfordert, daß man mit jenen oben festgestellten Begriffen der Ausdehnung und Zusammenziehung, der Zusammendrängung und Anastomose, wie mit Algebraischen Formeln bequem zu operiren, und sie da, wo sie hingehören anzuwenden wisse. Da nun hierbey viel darauf ankommt, daß man die verschiedenen Stufen, welche die Natur so wohl in der Bildung der Geschlechter, der Arten, der Varietäten, als in dem Wachsthum einer jeden einzelnen Pflanze betritt, genau beobachte und mit einander vergleiche: so würde eine Sammlung Abbildungen zu diesem Endzwecke neben einander gestellt, und eine Anwendung der botanischen Terminologie auf die verschiedenen Pflanzentheile bloß in dieser Rücksicht angenehm und nicht ohne Nutzen seyn. Es würden zwey Fälle von durchgewachsenen Blumen, welche der oben angeführten Theorie sehr zu statten kommen, den Augen vorgelegt, sehr entscheidend gefunden werden.

# XV. Durchgewachsene Rose

## § 103.

Alles was wir bisher nur mit der Einbildungskraft und dem Verstande zu ergreifen gesucht, zeigt uns das Beyspiel einer durchgewachsenen Rose auf das deutlichste. Kelch und Krone sind um die Axe geordnet und entwickelt, anstatt aber, daß nun im Centro das Samenbehältnis *zusammengezogen*, an demselben und um dasselbe die männlichen und weiblichen Zeugungstheile *geordnet* seyn sollten, begiebt sich der Stiel halb *röthlich* halb *grünlich* wieder in die *Höhe*; kleinere dunkelrothe, zusammengefaltete Kronenblätter, deren einige die Spur der Antheren an sich tragen, entwickeln sich *successiv* an demselben. Der Stiel wächst fort, schon lassen sich daran wieder Dornen sehn, die folgenden einzelnen gefärbten Blätter werden kleiner und gehen zulezt vor unsern Augen in halb roth halb grün gefärbte Stengelblätter über, es bildet sich eine Folge von regelmäßigen, Knoten, aus deren Augen abermals, obgleich unvollkommene Rosenknöspchen zum Vorschein kommen.

## § 104.

Es giebt uns eben dieses Exemplar auch noch einen sichtbaren Beweis des oben ausgeführten: daß nehmlich alle Kelche nur in ihrer Peripherie zusammengezogene Folia Floralia seyen. Denn hier bestehet der regelmäßige um die Axe versammlete Kelch aus fünf völlig entwickelten, drey- oder fünffach zusammengesezten Blättern, dergleichen sonst die Rosenzweige an ihren Knoten hervorbringen.

## XVI. Durchgewachsene Nelke

### § 105.

Wenn wir diese Erscheinung recht beobachtet haben, so wird uns eine andere, welche sich an einer durchgewachsenen Nelke zeigt, fast noch merkwürdiger werden. Wir sehen eine vollkommene, mit Kelch und überdies mit einer gefüllten Krone versehene, auch in der Mitte mit einer, zwar nicht ganz ausgebildeten, Samenkapsel völlig geendigte Blume. Aus den Seiten der Krone entwickeln sich vier vollkommene neue Blumen, welche durch drey- und mehrknotige Stengel von der Mutterblume entfernt sind; sie haben abermals Kelche, sind wieder gefüllt, und zwar nicht so wohl durch einzelne Blätter als durch Blattkronen, deren Nägel zusammengewachsen sind, meistens aber durch Blumenblätter, welche wie Zweiglein zusammengewachsen, und um einen Stiel entwickelt sind. Ohngeachtet dieser ungeheuren Entwickelung sind die Staubfäden, und Antheren in einigen gegenwärtig. Die Fruchthüllen mit den Griffeln sind zu sehen und die Receptakel der Samen wieder zu Blättern entfaltet, ja in einer dieser Blumen waren die Samendecken zu einem völligen Kelch verbunden, und enthielten die Anlage zu einer vollkommen gefüllten Blume wieder in sich.

### § 106.

Haben wir bey der Rose einen gleichsam nur halbdeterminirten Blüthenstand, aus dessen Mitte einen abermals hervortreibenden Stengel, und an demselbigen neue Stengelblätter sich entwickeln gesehen: so finden wir an dieser Nelke, bey wohlgebildetem Kelche und vollkommener Krone, bey wirklich in der *Mitte* bestehenden *Fruchtgehäusen, aus dem Kreise der Kronenblätter, sich Augen entwickeln*, und wirkliche Zweige und Blumen darstellen. Und so zeigen uns denn beyde Fälle, daß die Natur gewöhnlich in den Blumen ihren Wachsthum schließe und gleichsam eine Summe ziehe, daß sie der Möglichkeit ins Unendliche mit einzelnen Schritten fortzugehen Einhalt thue, um durch die Ausbildung der Samen schneller zum Ziel zu gelangen.

## XVII. Linnées Theorie von der Anticipation

### § 107.

Wenn ich, auf diesem Wege, den einer meiner Vorgänger, welcher ihn noch dazu, an der Hand seines großen Lehrers versuchte, so fürchterlich und gefährlich beschreibt, auch hie und da gestrauchelt hätte, wenn ich ihn nicht genugsam geebnet und zum besten meiner Nachfolger von allen Hindernissen gereinigt hätte; so hoffe ich doch diese Bemühung nicht fruchtlos unternommen zu haben.

### § 108.

Es ist hier Zeit, der Theorie zu gedenken, welche Linné zu Erklärung eben dieser Erscheinungen aufgestellt. Seinem scharfen Blick konnten die Bemerkungen, welche auch gegenwärtigen Vortrag veranlaßt, nicht entgehen. Und wenn wir nunmehr da fortschreiten können wo er stehen blieb, so sind wir es den gemeinschaftlichen Bemühungen so vieler Beobachter und Denker schuldig, welche manches Hinderniß aus dem Wege geräumt, manches Vorurtheil zerstreut haben. Eine genaue Vergleichung seiner Theorie und des oben Ausgeführten würde uns hier zu lange aufhalten. Kenner werden sie leicht selbst machen, und sie müßte zu umständlich seyn, um denen anschaulich zu werden die über diesen Gegenstand noch nicht gedacht haben. Nur bemerken wir kürzlich was ihn hinderte weiter fort und bis ans Ziel zu schreiten.

### § 109.

Er machte seine Bemerkung zuerst an Bäumen, diesen zusammengesezten und lange daurenden Pflanzen. Er beobachtete, daß ein Baum, in einem weitern Gefäße überflüßig genährt, mehrere Jahre hintereinander Zweige aus Zweigen hervorbringe, da derselbe, in ein engeres Gefäß eingeschlossen, schnell Blüthen und Früchte trage. Er sah daß jene successive Entwickelung hier auf einmal zusammengedrängt hervorgebracht werde. Daher nannte er diese Wirkung der Natur *Prolepsis*, eine *Anticipation*, weil die Pflanze, durch die sechs Schritte welche wir oben bemerkt haben, sechs Jahre voraus zu nehmen schien. Und so führte er auch seine Theorie, bezüglich auf die Knospen der Bäume aus, ohne auf die einjährigen Pflanzen besonders Rücksicht zu nehmen, weil er wohl bemerken konnte daß seine Theorie nicht so gut auf diese als auf jene passe. Denn nach seiner Lehre müßte man annehmen daß jede einjährige Pflanze eigentlich von der Natur bestimmt gewesen sey sechs Jahre zu wachsen, und diese längere Frist in dem Blüthen- und Fruchtstande auf einmal anticipiere und sodann verwelke.

§ 110.

Wir sind dagegen zuerst dein Wachsthum der einjährigen Pflanze gefolgt; nun läßt sich die Anwendung auf die daurenden Gewächse leicht machen, da eine aufbrechende Knospe des ältesten Baumes als eine einjährige Pflanze anzusehen ist, ob sie sich gleich aus einem schon lange bestehenden Stamme entwickelt und selbst eine längere Dauer haben kann.


§ 111.

Die zweyte Ursache, welche Linnéen verhinderte, weiter vorwärts zu gehen, war, daß er die verschiedenen in einander geschlossenen Kreise des Pflanzenkörpers, die äußere Rinde, die innere, das Holz, das Mark, zu sehr als gleichwirkende, in gleichem Grad lebendige und nothwendige Theile ansah, und den Ursprung der Blumen und Fruchttheile diesen verschiedenen Kreisen des Stammes zuschrieb, weil jene, eben so wie diese, von einander umschlossen und sich auseinander zu entwickeln scheinen. Es war dieses aber nur eine oberflächliche Bemerkung, welche näher betrachtet sich nirgend bestätigt. So ist die äußere Rinde zu weiterer Hervorbringung ungeschickt, und bey daurenden Bäumen eine nach außen zu verhärtete und abgesonderte Masse, wie das Holz nach innen zu verhärtet wird. Sie fällt bey vielen Bäumen ab, andern Bäumen kann sie, ohne den geringsten Schaden derselben, genommen werden; sie wird also weder einen Kelch, noch irgend einen lebendigen Pflanzentheil hervorbringen. Die zweyte Rinde ist es, welche alle Kraft des Lebens und Wachsthums enthält. In dem Grad, in welchem sie verlezt wird, wird auch das Wachsthum gestöhrt, sie ist es, welche bey genauer Betrachtung alle äußere Pflanzentheile nach und nach im Stengel, oder auf einmal in Blüte und Frucht hervorbringt. Ihr wurde von Linnéen nur das subordinirte Geschäft die Blumenblätter hervorzubringen zugeschrieben. Dem Holze ward dagegen die wichtige Hervorbringung der männlichen Staubwerkzeuge zu theil; anstatt daß man gar wohl bemerken kann, es sey dasselbe ein durch Solidescenz zur Ruhe gebrachter, wenn gleich

43/48

daurender, doch der Lebenswirkung abgestorbener Theil. Das Mark sollte endlich die wichtigste Function verrichten, die weiblichen Geschlechtstheile und eine zahlreiche Nachkommenschaft hervorbringen. Die Zweifel, welche man gegen diese große Würde des Markes erregt, die Gründe, die man dagegen angeführt hat sind auch mir wichtig und entscheidend. Es war nur scheinbar als wenn sich Griffel und Frucht aus dem Mark entwickelten, weil diese Gestalten, wenn wir sie zum erstenmal erblicken, in einem weichen, unbestimmten markähnlichen, parenchymatosen Zustande sich befinden, und eben in der Mitte des Stengels, wo wir uns nur Mark zu sehen gewöhnt haben, zusammengedrängt sind.

# XVIII. Wiederholung

## § 112.

Ich wünsche daß gegenwärtiger Versuch die Metamorphose der Pflanzen zu erklären, zu Auflösung dieser Zweifel einiges beytragen, und zu weiteren Bemerkungen und Schlüssen Gelegenheit geben möge. Die Beobachtungen, worauf er sich gründet, sind schon einzeln gemacht, auch gesammlet und gereiht worden ( *d*); und es wird sich bald entscheiden, ob der Schritt, den wir gegenwärtig gethan, sich der Wahrheit nähere. So kurz als möglich fassen wir die Hauptresultate des bisherigen Vortrags zusammen.

## § 113.

Betrachten wir eine Pflanze in sofern sie ihre Lebenskraft äußert, so sehen wir dieses auf eine doppelte Art geschehen, zuerst, durch das *Wachsthum*, indem sie Stengel und Blätter hervorbringt, und sodann durch die *Fortpflanzung*, welche in dem Blüthen- und Fruchtbau vollendet wird. Beschauen wir das Wachsthum näher, so sehen wir, daß, indem die Pflanze sich von Knoten zu Knoten, von Blatt zu Blatt fortsezt, indem sie sproßt, gleichfalls eine Fortpflanzung geschehe, die sich von der Fortpflanzung durch Blüthe und Frucht, *welche auf einmal* geschiehet, darinn unterscheidet, daß sie *successiv* ist, daß sie sich in einer Folge einzelner Entwickelungen zeigt. Diese sprossende, nach und nach sich äußernde Kraft ist mit jener, welche auf einmal eine große Fortpflanzung entwickelt, auf das genauste verwandt. Man kann unter verschiedenen Umständen eine Pflanze nöthigen, daß sie immerfort *sprosse*, man kann dagegen den *Blüthenstand beschleunigen*. Jenes geschieht, wenn rohere Säfte der Pflanze in einem größeren Maße zudringen; dieses, wenn die geistigeren Kräfte in derselben überwiegen.

## § 114.

Schon dadurch daß wir das *Sprossen* eine successive, den *Blüthen- und Fruchtstand* aber eine simultane Fortpflanzung genannt haben, ist auch die Art wie sich beyde äußern, bezeichnet worden. Eine Pflanze welche *sproßt*, dehnt sich mehr oder weniger aus, sie entwickelt einen Stiel oder Stengel, die Zwischenräume von Knoten zu Knoten sind meist bemerkbar, und ihre Blätter breiten sich von dem Stengel nach allen Seiten zu aus. Eine Pflanze dagegen welche *blüht*, hat sich in allen ihren Theilen zusammengezogen, Länge und Breite sind gleichsam aufgehoben und alle ihre Organe sind in einem höchst concentrirten Zustande zunächst an einander entwickelt.

§ 115.

Es mag nun die Pflanze sprossen, blühen oder Früchte bringen, so sind es doch nur immer *dieselbigen Organe* welche, in vielfältigen Bestimmungen und unter oft veränderten Gestalten die Vorschrift der Natur erfüllen. Dasselbe Organ welches am Stengel als Blatt sich ausgedehnt und eine höchst manigfaltige Gestalt angenommen hat, zieht sich nun im Kelche zusammen, dehnt sich im Blumenblatte wieder aus, zieht sich in den Geschlechtswerkzeugen zusammen, um sich als Frucht zum leztenmal auszudehnen.

§ 116.

Diese Wirkung der Natur ist zugleich mit einer andern verbunden, mit der *Versammlung verschiedener Organe um ein Centrum* nach gewissen Zahlen und Maßen, welche jedoch bey manchen Blumen oft unter gewissen Umständen weit überschritten und vielfach verändert werden.

§ 117.

Auf gleiche Weise wirkt bey der *Bildung* der Blüthen und Früchte *eine Anastomose* mit, wodurch die nahe an einander gedrängten, höchst feinen Theile der Fructification, entweder auf die Zeit ihrer ganzen Dauer, oder auch nur auf einen Theil derselben innigst verbunden werden.

§ 118.

Doch sind diese Erscheinungen der *Annäherung, Centralstellung* und *Anastomose* nicht allein dem Blüthen- und Fruchtstande eigen; wir können vielmehr etwas Ähnliches bey den Cotyledonen wahrnehmen, und andere Pflanzentheile werden uns in der Folge reichen Stoff zu ähnlichen Betrachtungen geben.

## § 119.

So wie wir nun die verschiedenscheinenden Organe der sprossenden und blühenden Pflanze alle aus einem einzigen, nehmlich *dem Blatte*, welches sich gewöhnlich an jedem Knoten entwickelt, zu erklären gesucht haben; so haben wir auch diejenigen Früchte, welche ihre Samen fest in sich zu verschließen pflegen, aus der Blattgestalt herzuleiten gewagt.

## § 120.

Es verstehet sich hier von selbst, daß wir ein allgemeines Wort haben müßten wodurch wir dieses in so verschiedene Gestalten metamorphosirte Organ bezeichnen, und alle Erscheinungen seiner Gestalt damit vergleichen könnten: gegenwärtig müssen wir uns damit begnügen, daß wir uns gewöhnen die Erscheinungen vorwärts und rückwärts gegeneinander zu halten. Denn wir können eben so gut sagen: ein Staubwerkzeug sey ein zusammengezogenes Blumenblatt, als wir von dem Blumenblatte sagen können: es sey ein Staubgefäß im Zustande der Ausdehnung; ein Kelchblatt sey ein zusammengezogenes, einem gewissen Grad der Verfeinerung sich näherndes Stengelblatt, als wir von einem Stengelblatt sagen können es sey ein, durch Zudringen roherer Säfte ausgedehntes Kelchblatt.

## § 121.

Eben so läßt sich von dem Stengel sagen; er sey ein ausgedehnter Blüthen- und Fruchtstand, wie wir von diesem prädicirt haben: er sey ein zusammengezogener Stengel.

## § 122.

Außerdem habe ich am Schlusse des Vortrags noch die Entwickelung der *Augen* in Betrachtung gezogen und dadurch die zusammengesezten Blumen, wie auch die unbedeckten Fruchtstände zu erklären gesucht.

## § 123.

Und auf diese Weise habe ich mich bemüht, eine Meynung welche viel Überzeugendes für mich hat, so klar und vollständig als es mir möglich seyn wollte, darzulegen. Wenn solche dem ohngeachtet noch nicht völlig zur Evidenz gebracht ist; wenn sie noch manchen Widersprüchen ausgesezt seyn, und die vorgetragne Erklärungsart nicht überall anwendbar scheinen möchte: so wird es mir desto mehr Pflicht werden, auf alle Erinnerungen zu merken, und diese Materie in der Folge genauer und umständlicher abzuhandeln, um diese Vorstellungsart anschaulicher zu machen, und ihr einen allgemeinern Beyfall zu erwerben, als sie vielleicht gegenwärtig nicht erwarten kann.